Entrance

入口

林世仁・文

My DeAr AnimAls

古靈精怪動物園

川貝母 + 右耳 + 阿力金吉兒 +
達姆 + 陳怡今 + 黃祈嘉・圖

CARTE POSTALE

M _____

獻給謝爾・希爾佛斯坦 (Shel Silverstein)

這座動物園就建在他的

《謝爾叔叔的古怪動物園》隔壁

NO.01

ZONE 2

思想彈跳灣

NO.17

ZONE 4

心的柵欄前

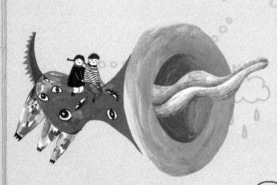

NO.31

ZONE
1

唱反調草原

踢踢踏，踏踏踢，誰在前方踢踏踢？

時間暫停，河水倒流，神奇大門已做開———

歡迎光臨！

猜猜看：誰愛唱反調？誰在前方偷偷笑？

一 點 不 駝 鳥

一 點 不 駝 鳥 是 駝 鳥 的 外 星 表 哥

駝 鳥 一 害 怕 ， 就 把 頭 埋 進 沙 子 裡
一 點 不 駝 鳥 一 害 怕 ……

呃，就把敵人埋進沙子裡！

MM 駱駝

MM駱駝什麼都駝　　　　　MM駱駝什麼都駝

這一隻駝帳篷　　　　　　這隻駝房子

那一隻駝城堡　　　　　　那隻駝比薩斜塔

愛玩水的駝浴缸　　　　　哦，這一隻最偷懶

愛唱歌的駝卡拉ＯＫ　　　──牠讓別人駝着牠！

MM駱駝什麼都駝　　　　　牠呢？

駝金字塔的走不動　　　　牠駝空氣

駝氣球的飄哇飄

駝太陽的……

嗯，再也沒人見過牠

恐怕不是龍最愛說：「恐怕不是喔！」

「你真的是世界上最後一隻恐龍？」
「恐怕不是喔！」

「你真的有十層樓那麼高？」
「恐怕不是喔！」

「你真的不會噴火、不會踩車子、不會吃遊客、不會嚇管理員？」
「恐怕不是喔！」

「你會乖乖待在動物園、乖乖聽話、乖乖睡覺嗎？」
「恐怕不是喔！」

「你真的是恐怕不是龍？」
「恐怕不是喔！」

「哇──嗚──啊！咦？我在你的肚子裡嗎？」
「嗝……恐怕不是喔！」

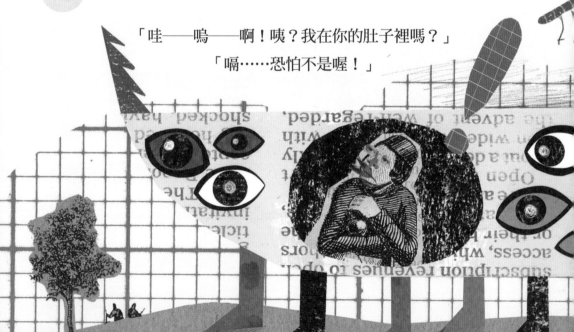

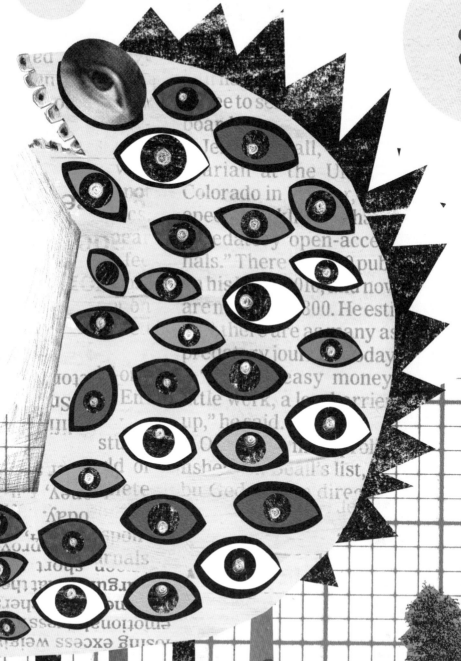

21 世紀獨角獸

21世紀獨角獸還是老樣子
馬頭、馬身、馬屁股
只有那一支獨角不一樣

要嘛，它長錯位置
要嘛，它長錯東西

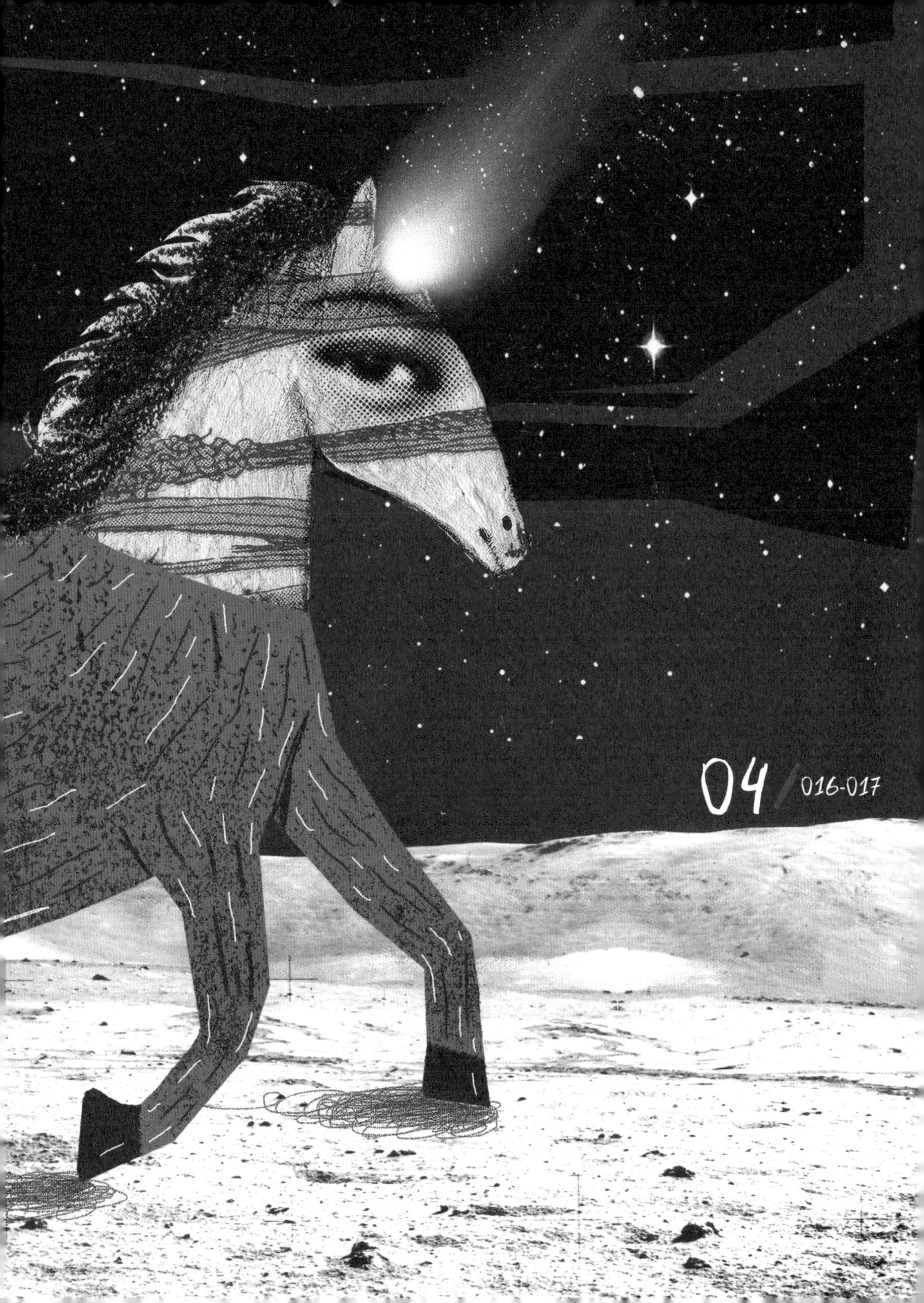
04 / 016-017

愛樂章魚

愛樂章魚最愛管樂器
　一手拿長笛
　一手拿短笛
　一手拿豎笛
　一手拿着低音管
　一手拿着小喇叭
　一手拿着雙簧管
　一手拿着法國號
　一手拿着伸縮號

可是，愛樂章魚只有一張嘴
誰來幫牠吹這麼多的管樂器？

哈，當然是站在柵欄外的
你、你、你、你、你、你、你！

紅綠燈獸

紅綠燈獸有三隻大眼睛
當牠用綠眼睛看你
你可以摸摸牠的頭，搔搔牠的胳肢窩
（還可以敲敲牠的尖牙齒！）

當牠用黃眼睛看你
你最好收起相機、背好背包
趕緊轉身

當牠用紅眼睛看你
你最好遠在一千公里之外

咦……這是誰的背包？

WW狗

WW狗的狗嘴裡吐不出象牙

WW狗直接吐出

一頭象

十全大補獸

「十全大補獸的腦袋補不補？」

補！牠的腦袋最鮮嫩，吃了讓你ＩＱ１８０！

「十全大補獸的肥肉補不補？」

補！牠的肥肉最香甜，吃了讓你增高又變壯！

「十全大補獸的骨頭補不補？」

補！牠的骨頭熬湯最好喝，喝了讓你全身暖呼呼！

「十全大補獸的內臟補不補？」

補！牠的內臟最鮮美，吃了讓你補血、益氣、精神好！

十全大補獸，從頭到腳，從皮到毛

處處美味，樣樣滋補，吃哪補哪，一吃見效！

只有一點很麻煩

十全大補獸是**史上最猛獸**！

又凶又可怕

誰想吃牠，牠就吃誰

嗯，還有誰有問題？

長牙怪

長牙怪不會用腳走路
因為牠的腳長錯了位置！

還好
長牙怪的牙齒夠長
走起路來──嗯，剛剛好！

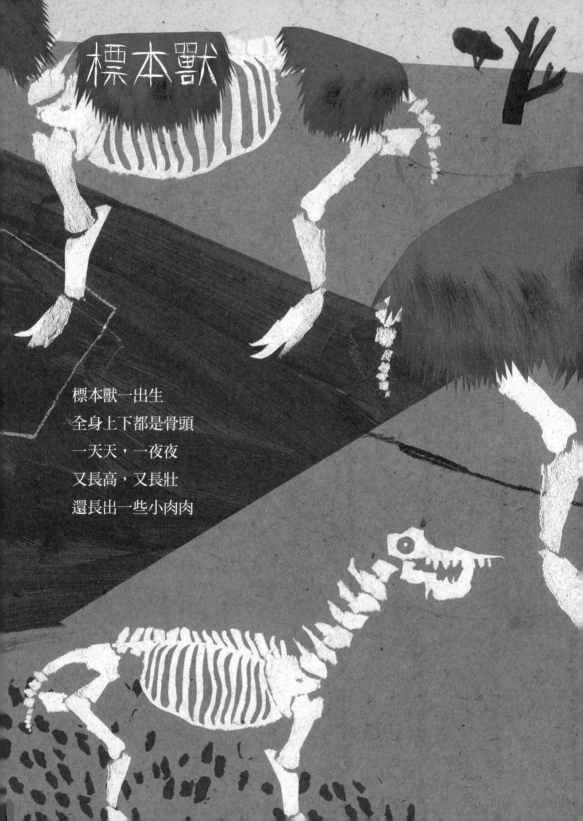

標本獸

標本獸一出生
全身上下都是骨頭
一天天，一夜夜
又長高，又長壯
還長出一些小肉肉

標本獸，年紀越大肉越多
一月月，一年年
長出厚厚實實的肉
長出細細柔柔的毛
當牠全身長滿肉、長滿毛
牠就美呆了，美爆了，美死了！

牠就真的死了

顛倒獸

顛倒獸最愛唱反調

最愛說反話

「！歲萬倒顛」「！歲萬倒顛」

顛倒獸天天都在喊：「？宙宇個整倒扳敢不敢你」

「？宙宇個整倒扳敢不敢你」

你敢不敢？敢不敢？

敢不敢……

顛倒獸辦到了嗎？

還沒有

不過……牠已經讓你把書扳倒過來了！

ZONE
2

思想彈跳灣

踢踢踏，踏踏踢，誰在前方踢踏踏？

盪過問號海灣，登上驚奇海岬

咻──看誰在你的腦海裡高空彈跳？

光速蝴蝶

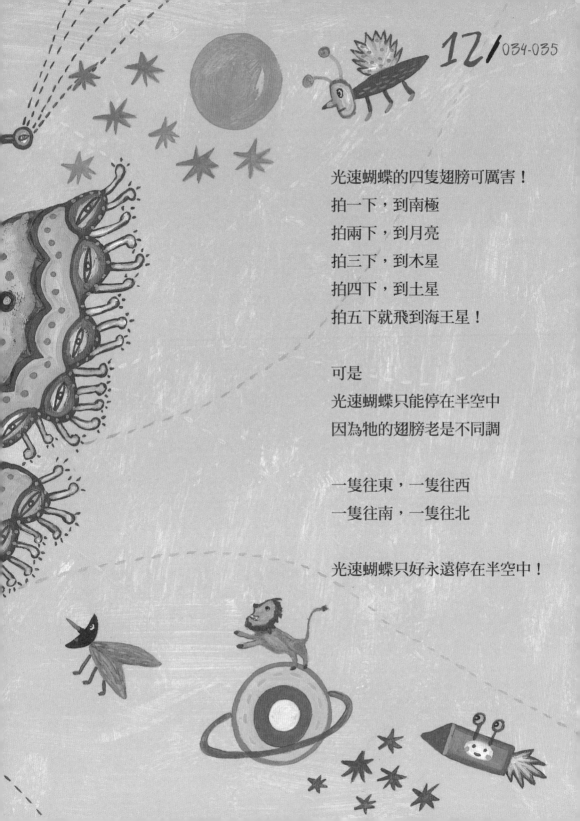

光速蝴蝶的四隻翅膀可厲害！

拍一下，到南極

拍兩下，到月亮

拍三下，到木星

拍四下，到土星

拍五下就飛到海王星！

可是

光速蝴蝶只能停在半空中

因為牠的翅膀老是不同調

一隻往東，一隻往西

一隻往南，一隻往北

光速蝴蝶只好永遠停在半空中！

鏡像獸

鏡像獸長得什麼樣？
沒人說得準

好人看牠，美如天仙
壞人看牠，醜不拉嘰
好心情，看牠好溫柔
壞心情，看牠像妖怪

在天使和惡魔的眼睛裡
牠長得正好相反

哦，你問我
鏡像獸究竟長得什麼樣？
嗯，依我看嘛……
牠真是美如天仙、漂亮極了！

千面蛇

千面蛇有一千種表情
可惜，每種表情只能用一次！

千面蛇天天蛻皮
天天蛻去一種表情
昨天苦哈哈
今天笑嘻嘻
明天呢？
吐舌頭？皺眉頭？想破頭？
——不到明天不知道！

喜、怒、哀、樂、愛、惡、欲……
千面蛇有一千種表情
樣樣心情都經歷
　　只是
蛻去了的表情不能重來

千面蛇總是弄不明白：
先哭後笑最幸福
還是先笑後哭才痛快？

每一隻千面蛇都很好奇：
那等在最後一天蛻去的
會是什麼表情？

唉，矛盾獸，對我笑
我該不該也對他笑？

出生巨無霸
長大就變小
生病不吃藥
乾淨才洗澡

吃飽肚子餓
喝水就口渴
一乖就變壞
作夢才醒來

矛盾獸，愛矛盾
痛苦哈哈笑
高興流眼淚
愛你咬一口
恨你親親嘴

預言精靈

預言精靈有三隻心靈之眼　　可惜，你永遠不知道
　一隻看過去　　　　　　　牠說的是你？　我？　他？
　一隻看現在
　一隻看未來　　　　　　　　過去？

預言精靈的預言超神準
　讓你哭，讓你笑　　　　　　　現在？
　讓你擔心，讓你大叫
　讓你嚇一跳！　　　　　　　還是未來？

一飛沖天雞

一飛沖天雞不想飛
一飛沖天雞不愛飛
一飛沖天雞討厭飛
事實上
一飛沖天雞一輩子只能飛一次

因為，牠一飛
就一飛沖天
再也回不來啦！

民主蛋

民主蛋，最民主！
不自我中心
不自以為是
它傾聽民意
它尊重大家意見

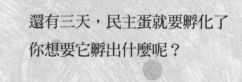

還有三天，民主蛋就要孵化了
你想要它孵出什麼呢？

來，請投票：
　1 一飛沖天雞
　2 ＭＭ駱駝
　3 一點不駝鳥
　4 恐怕不是龍
　5 其他＿＿＿＿＿＿（請填空）

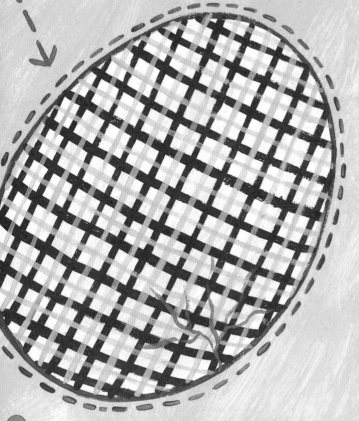

沒人知道局部獸長得什麼樣？
　因為
牠每次讓人看見的部分都不一樣

老鼠甲說：「牠像一隻長管子。」　（鼻子還是腳？）
老鼠乙說：「牠像一枝長矛。」　（牙齒還是尾巴？）
老鼠丙說：「牠像一面牆。」　　（肚子還是屁股？）
老鼠丁說：「牠像一根柱子。」　（手臂還是大腿？）

沒人知道局部獸究竟長得什麼樣？
不過，至少我們知道：

牠不吃老鼠！

七頭
千手怪

七頭千手怪數不清自己有幾顆頭？
幾顆圓？幾顆方？
幾顆三角？幾顆橢圓？
七頭千手怪每天都在數自己的頭
偏偏，牠的頭最愛吃手指頭

「喀吱喀！」「喀吱喀！」
「喀吱喀！」「喀吱喀！」
「喀吱喀！」…………

嗯，七頭一手怪還是不知道牠有幾顆頭？

你要不要來幫牠數一數？

在哪兒蜥蜴

在哪兒蜥蜴記性差
每次一過完生日，尾巴就不見！

一歲尾巴，忘在搖籃裡
兩歲尾巴，忘在公園裡
三歲尾巴，忘在餐廳裡
四歲尾巴，忘在公車上……

在哪兒蜥蜴到處找

找哇找

從天涯找到海角

從年輕找到白頭……

「哈，我終於找到我的尾巴了！」

在哪兒蜥蜴高興得老淚縱橫

「可是

嗚……我的身體掉到哪兒去了？」

千眼怪

千眼怪有一千隻眼睛　　　一千種人生

能同時看向世界各地　　　一千種悲歡離合

看到一千種風景　　　　　一千種黑暗與光明

一隻眼睛帶來一種心情
一千種心情同時湧上心頭
喜怒哀樂愛惡欲
乒乒怦怦，怦怦乒乒……

哦喔

千眼怪的表情又卡住了！

安全起見
千眼怪只好輪流戴上
九百九十九隻漂漂亮亮的大眼罩

ZONE
3

羞答答雨林

踢踢踏，踏踏踢，誰在前方踢踏踢？

樹陰下，輕輕閃爍着：

天空的紅暈、沉默的雷聲、雨水的心跳⋯⋯

噓——腳步放輕，這裡只能說悄悄話喔！

不好意思獸

1.

不好意思獸不習慣抬頭

有人讚美牠
牠就羞紅臉，好像耳朵癢得受不了

有人撞到牠
牠就抓抓頭：「不好意思，擋到你的路！」

蘋果害牠拉肚子
牠向蘋果核道歉：「不好意思，都是我腸胃不好！」

雨滴打濕牠的頭
牠對雨滴彎彎腰：「不好意思！我害你沒法落到地上。」

不好意思獸每天都要對世界三鞠躬：
「不好意思！
不好意思！
請原諒我的不好意思！」

101 蝸牛

101蝸牛膽子小
一有風吹草動就縮進殼

螞蟻嚇到牠，牠從二樓窗口往外瞧
落葉嚇到牠，牠躲上七樓數心跳
小鳥飛下來，牠鑽進十三樓的床底下
貓咪走過來，牠逃上四十四樓的陽臺假裝死翹翹⋯⋯

還好，101蝸牛的殼裡有電梯
想上幾樓都沒問題
不然，等牠爬到101
恐怕要等上101年！

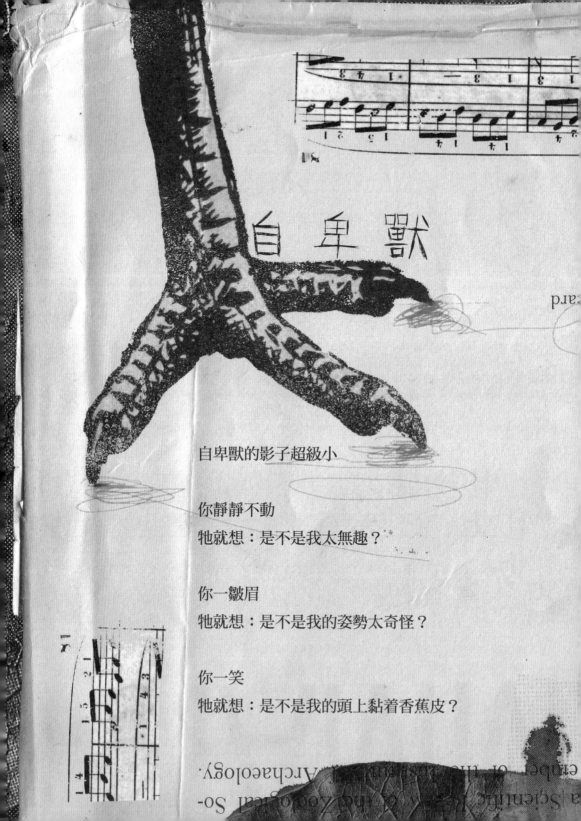

自卑獸

自卑獸的影子超級小

你靜靜不動
牠就想：是不是我太無趣？

你一皺眉
牠就想：是不是我的姿勢太奇怪？

你一笑
牠就想：是不是我的頭上黏着香蕉皮？

你一打噴嚏

牠就想：是不是我有怪味道？

你一轉身

牠就想：是不是我長得太難看？

你一翻頁

牠就想：唉⋯⋯一定是這首詩寫得太糟糕！

猶豫獸

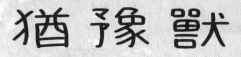
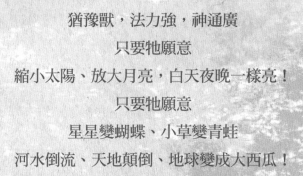

猶豫獸，法力強，神通廣
只要牠願意
縮小太陽、放大月亮，白天夜晚一樣亮！
只要牠願意
星星變蝴蝶、小草變青蛙
河水倒流、天地顛倒、地球變成大西瓜！

只可惜……這些妙事兒通通沒發生
因為猶豫獸——太猶豫！
什麼事兒該做……什麼事兒不該做？
想啊想，想半天……

例如，現在你正看着牠
牠還在猶豫：
是要現身微笑讓你嚇一跳？
還是消失跑掉讓你找不到？

含羞草剪刀手

含羞草剪刀手長得好像凶神惡煞
長長的剪刀喀嚓嚓
數一數，至少一百對！
不過，別害怕
含羞草剪刀手一點兒也不凶
事實上，牠最害羞
動不動就垂下頭、合上剪刀

喀嚓嚓！　喀嚓嚓！
喀嚓嚓！　喀嚓嚓！
喀——

「哎喲！」

嗯……含羞草剪刀手害羞的時候
你最好別站在牠旁邊

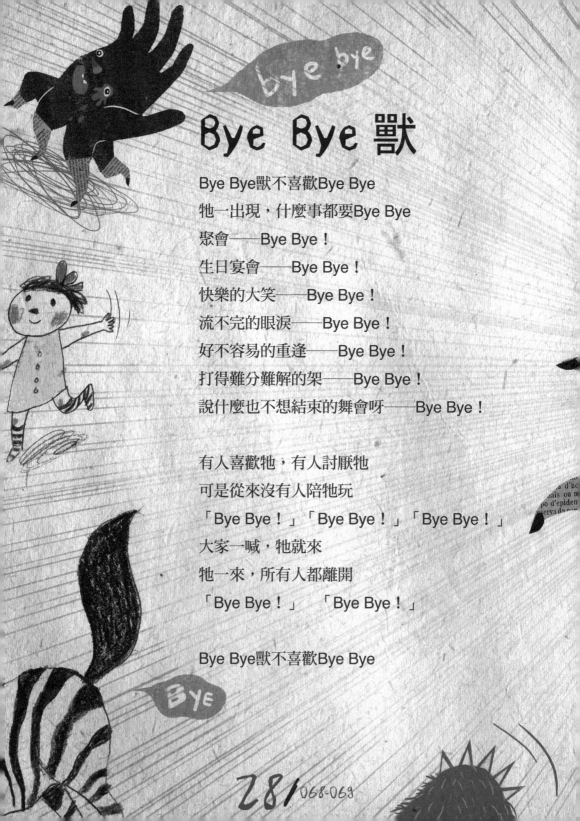

Bye Bye 獸

Bye Bye獸不喜歡Bye Bye

牠一出現，什麼事都要Bye Bye

聚會——Bye Bye！

生日宴會——Bye Bye！

快樂的大笑——Bye Bye！

流不完的眼淚——Bye Bye！

好不容易的重逢——Bye Bye！

打得難分難解的架——Bye Bye！

說什麼也不想結束的舞會呀——Bye Bye！

有人喜歡牠，有人討厭牠

可是從來沒有人陪牠玩

「Bye Bye！」「Bye Bye！」「Bye Bye！」

大家一喊，牠就來

牠一來，所有人都離開

「Bye Bye！」　「Bye Bye！」

Bye Bye獸不喜歡Bye Bye

配合獸

石頭馬、香煙豹

火鳳凰、水大象……

只要想得到，牠就變得出！

有了配合獸

動物園再也不怕缺動物

可是，今天一開工

牠就碰上了大麻煩……

嚇

一

跳

鳥

嚇一跳鳥，最愛嚇一跳

太陽出來，嚇一跳！

太陽下山，嚇一跳！

雲飄過來，嚇一跳！

風吹過來，嚇一跳！

毛毛蟲眨眨眼睛，嚇一跳！

嚇一跳！跳跳跳！

吃飽了，嚇一跳！

喝足了，嚇一跳！

睡覺，嚇一跳！

作夢，嚇一跳！

睜開眼睛，嚇一跳！

閉上眼睛，嚇一跳！

叫牠，嚇一跳！

不理牠，嚇一跳！

嚇一跳！跳跳跳！

跳到哪，嚇到哪……

哎呀──被你看見了？

嚇一跳鳥，又嚇一跳！

唉

想要嚇一跳鳥不再嚇一跳

只有翻到下一頁！

ZONE
4

心的柵欄前

踢踢踏，踏踏踢，誰在前方踢踏踢？

穿過時間就看見：心的秘密、心的連猗，心的神奇大迷宮……

輕輕走，慢慢看

聽 ──────── 誰 在 前 方 呼 喚 你 ？

呼 喚 獸

呼喚獸的心，是個回音谷
盯着牠的眼睛，你就能聽見心底的呼喚……

一位小孩轉過身，又蹦又跳的跑開
他聽到遠方「咚！咚！咚！」的鼓聲

一位中年人轉過身，急急忙忙往前衝
他聽到公司咔嚓咔嚓的打卡聲

一位老人轉過身，望着天邊的晚霞
舉起手，顫微微，輕輕揮
一滴眼淚在眼角閃哪閃……

「老爺爺，您聽到什麼？」
「我聽到……媽媽在叫我回家吃晚飯！」

親親獸

親親獸，愛親親
看到人就抱一抱、親一親
親完還送你一張親親卡：
「請收好，掛胸口，裡頭有我的心跳聲。」

心跳聲？什麼心跳聲？

「親你時的心跳聲啊！」

3

倒退獸

倒退獸的腳掌長反了
當牠微笑對你打招呼說：「哈囉！」
腳卻往後走

唉，這可真麻煩
牠越想走近你
就離你越遠

「哈囉！」
「哈囉！」
「哈囉！」
「哈囉！」
「哈囉！」
「哈囉！」

唉，怪不得倒退獸都找不到伴

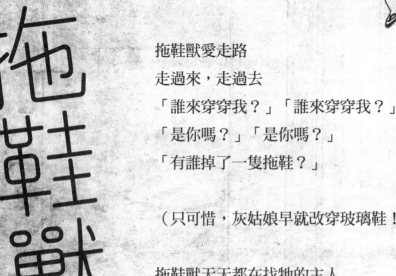

拖
鞋
獸

拖鞋獸愛走路
走過來，走過去
「誰來穿穿我？」「誰來穿穿我？」
「是你嗎？」「是你嗎？」
「有誰掉了一隻拖鞋？」

（只可惜，灰姑娘早就改穿玻璃鞋！）

拖鞋獸天天都在找牠的主人
走得腳底磨破皮
只好天天換拖鞋

哦，拖鞋獸也有拖鞋穿！
這真是這一個　不美好世界的
美好事兒

（只可惜，灰姑娘早就改穿玻璃鞋！）

AaBb 獸

AaBb 獸可大可小

人一看牠，牠就脹得大 大 大……

沒人理牠，牠就縮得小 小 小……

動物園一開張，AABB 獸就塞滿整座展示廳

⇩

⇩

⇩

晚上一打烊

aabb獸就鑽進火柴盒，空空曠曠還能伸懶腰

還好，AaBb獸很乖

不吵不鬧

不會逃家

不然，整個宇宙都會被牠撐爆

傻不嚨咚狼

傻不嚨咚狼全身都是金屬片
風一吹，奇哩匡啷！
叮叮噹！叮叮噹！

傻不嚨咚有多傻？
看牠算數就知道：
1＋1＝兩棵樹
鵝－鵝＝雪花飄
山×山＝綠色海浪
是÷是＝什麼都不是

傻不嚨咚狼什麼都不會
只會敲打樂
走着、跳着、跑着
奇哩匡啷！
叮叮噹！叮叮噹！

傻不嚨咚狼最愛聽敲打樂
牠覺得自己好幸福
坐着、躺着、趴着
連作夢也能聽得到：
奇哩匡啷！
叮叮噹！叮叮噹！

雨熊

人們流下的眼淚，在風中飄成小小的眼淚蒸氣
小小的眼淚蒸氣在空中凝聚成小小的眼淚雲
黃昏時，小小的眼淚雲無聲的落下……

而當第一顆星星睜開眼睛
雨熊就悄悄誕生了！

柵欄外，有人輕輕問：
雨熊，雨熊
你身上哪一滴……是我兒時的眼淚？

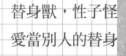

替身獸，性子怪
愛當別人的替身

農人罵小豬：「你這個大豬頭！」
替身獸立刻變成大豬頭

山大王罵小妖怪：「你給我滾！」
替身獸立刻全身沾滿灰，從山上滾到山下

「我再也不要見到你！」
替身獸立刻兩眼淚汪汪

有人打架，替身獸頭上就腫包包
有人摔跤，替身獸膝蓋就紅通通
唉，替身獸怎麼這麼想不開？
愛找罪受，愛當倒楣鬼？

哦——那可不一定……

「讓我抱抱你！」媽媽抱起小寶寶
替身獸全身暖和和

「我要親親你！」
小孫子對爺爺說
替身獸臉頰紅通通

現在呀現在，
替身獸整顆心都亮了起來！
只因為，在某個小小角落
有人輕輕說：

「我愛你。」

ZONE 5

做自己探險角

踢踢踏，踏踏踢，誰在前方踢踏踏？
攤開個性地圖，輸入自我密碼

「芝麻！開門──」

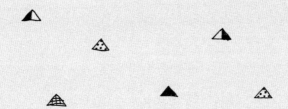

瞧，是誰在前方閃亮亮？

時空精靈

時空精靈喜歡敲空氣
一敲　就敲開透明門
「啾！」的一聲穿梭到別的時空

在多彩宇宙　牠是萬靈之王
在聲音宇宙　牠是美聲天后
在變形宇宙　牠是混沌魔王
在黑暗宇宙　牠是神秘的影子俠
在惡魔宇宙　牠是可怕的幽靈王
還好！還好！

在我們這個宇宙　牠是萬人迷的小可愛

時空精靈喜歡穿梭時空
變換不同角色、享受不同刺激
如果牠突然對你齜牙咧嘴大聲吼⋯⋯
哦，請你千萬原諒牠
那一定是「時空差」害了牠
讓牠一下恍神，弄錯時空

收銀機袋鼠

收銀機袋鼠愛數錢

牠是便利超商的好店員

錢都存在肚子裡

一按肚臍眼

「叮咚！」馬上彈出收銀機

可惜牠的算術不太好

數數只能數到 3

這樣的店員可不妙

收銀機袋鼠只好捲鋪蓋、換跑道

「叮咚！」

有沒有人想僱一個會蹦會跳的大錢包？

大腳怪

大腳怪有夠大
最大的獸欄也只能塞下牠的一隻腳

動物園對大腳怪好極了！
星期一　洗大腳丫
星期二　梳大腳毛
星期三　按摩腳趾頭
星期四　修剪腳趾甲
星期五　美容腳後跟
星期六　噴腳趾縫香水
星期天　彩繪腳趾頭

「咦，其他部分呢？不洗臉？不洗澡？不吃飯？」

哦，對不起
大腳怪的其他部分不屬於動物園

□□獸嘴巴大，愛挑食，每隻都有怪毛病
團團獸愛吃書，尤其愛吃教科書
圓圓獸愛吃話，你一開口，牠就對你搖尾巴！
困困獸愛喝水，河水、海水、礦泉水，天天喝到流口水
囝囝獸愛吃光，日光、月光、星星光……
燭光也不賴，你的目光牠最愛！
回回獸愛吃山，大山、小山都不挑

聽說愚公最愛牠
困困獸愛吃不，愛說「不」的人，千萬別回頭
牠就跟在你後頭！

框框獸

囲囵獸、囙囙獸、鳳鳳獸、図図獸、団団獸……
□□獸的家族多又多，這個愛吞井，那個愛吃布
天地萬物都是牠的好食物！

哦，別怕，別怕
囡囡獸？囚囚獸？囝囝獸？
我們可沒養那麼可怕的大怪獸！

⊗這些怪字只出現在「古字博物館」裡。圕是符號字，
可以讀成「圖書館」。

想知道字的意思嗎？請查《康熙字典》，那裡有許多
怪字的好朋友！

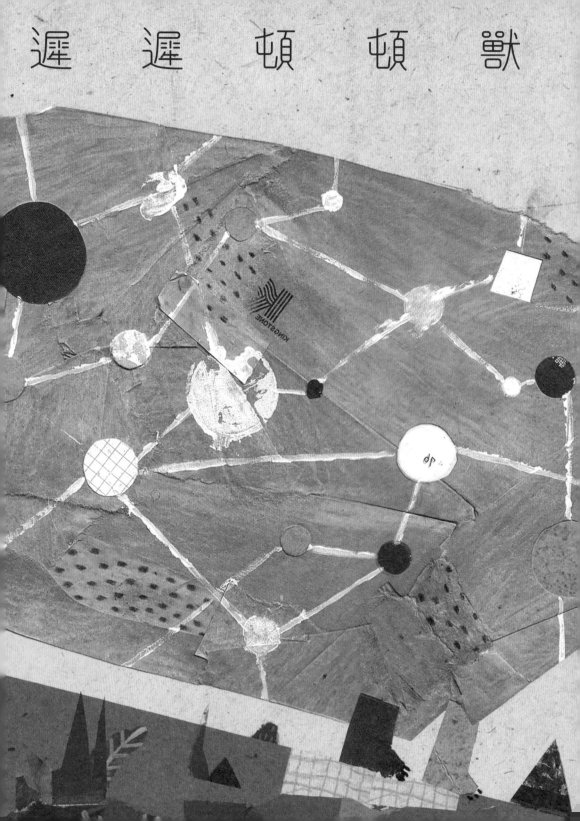

遲遲頓頓獸神經粗，反應慢
今年聞花蜜，明年才覺香
出生摔一跤，長大才喊疼
你罵牠一句
一百年後牠才明白
你打牠一下
一千年後牠才有感覺

不過，你可千萬別罵牠、別打牠
不然
一百年後、一千年後
不管你是在天堂還是在地獄
牠都會找到你
拉你耳朵、踢你屁股，要你還牠公道！

聲音獸

聲音獸，真神奇
按牠鼻子，「汪！汪！汪！」
摸摸牠頭，「喵！喵！喵！」
碰碰臉頰，「哞！哞！哞！」

拉拉小手，「呱！呱！呱！」
拍拍肩膀，「咩！咩！咩！」
抓抓後背，「吼！吼！吼！」
捏捏屁股……

「喂！是哪一個沒禮貌的傢伙想挨揍？」

催催獸

快！快！快！
這麼慢才看到我？

快！快！快！
你已經看了三秒鐘

快！快！快！
別人已經追上你了

快！快！快！
人生還有好多事要做

快！快！快！
趕快翻到下一頁！

AACCWWWMM 是宇宙最美精靈
波浪般的毛髮
多邊形的眼睫毛
可折疊的身軀，如光線般綻放的四肢

AACCWWWMM 美到無法形容
在牠面前
彩虹不敢現身
蝴蝶悄悄合上翅膀
花朵紛紛垂下頭
連雨滴都停在半空中，不敢往下落……

只可惜
人眼看不見 AACCWWWMM
靠再近，貼再緊
你也只能看見牠的腳印、食盆和飲水器

積木獸，最愛玩積木
我幫你，你幫我
一下排成恐龍
一下排成大象
排過來，排過去
排得開開心心
排得手舞足蹈
你抱我，我抱你……

「匡啦啦——！」
「啪噹噹——！」
「劈哩啪啦——！」

哦喔……
沒關係，沒關係
再排就有！

環保糞金龜

環保糞金龜最環保
推着圓圓的糞球
滾着圓圓的糞球
吃着圓圓的糞球
排出圓圓的……
　　小動物！

牛糞球──排出小小牛

羊糞球──排出小小羊

馬糞球──排出小小馬

……

經過草原請輕輕走喔！

你的腳印邊

可能就有一座

小小動物園……

三態獸是變形大師
冷風一吹，牠就凍成大冰塊
十隻大象也拖不動

天氣一熱，牠就變成蒸氣
在空中又翻又滾又倒立

不冷不熱時候，牠就化成水
游泳池擠嗎？
嗯，牠可能正在學你游蛙式

三態獸

想看三態獸？

請先查好天氣預報，再來碰運氣

因為呀——

每當牠變成蒸氣獸

總是一不小心

「咻！」的一聲就被風吹散……

噴嚏怪愛打噴嚏
噴嚏天天不一樣：
　　煙火噴嚏
　　星星噴嚏
　　鮮花噴嚏
　　爆米花噴嚏
　　連珠炮噴嚏
　　翻筋斗噴嚏
　　彈簧跳噴嚏……

噴嚏怪一打噴嚏
人人都叫好
大家都拍手
只有醫生猛搖頭，扛來大藥箱
「不行！不行！我一定要治好你的壞毛病！」

從此以後
動物園裡再也聽不到「哈啾！哈啾！」
──咦，醫生治好了噴嚏怪？

才怪！
噴嚏怪打了一個超級火箭大噴嚏
「啾！」的一聲逃跑了

結束，也是開始

踢踢踏，踏踏踢
誰在前方踢踏踢？
古靈精怪動物園
不缺少精靈
不想得到、想不到……這裡通通有
水象、火熊、吞日獸、影子魚……
發抖猴、噴射貓、滴滴答答八腳驢……
千奇百怪都來到
哦喔！還有一隻沒找到
不在天邊
不在海角
聽，牠在你的腦袋裡頭哼哼叫！

來，拿隻筆、找張紙
把牠畫出來
一二三，三二一
動動你的小腦筋
踢踢踏，踏踏踢
古靈精怪動物園
永遠不打烊
歡喜又開張……

川貝母

www.flickr.com/photos/inca817

插畫家，喜歡以隱喻的方式創作圖像，詩意的造形與裝飾性是常用的特色。2005年入選波隆納插畫展後開始職業插畫生活，陸續為報紙副刊及雜誌繪製插圖。近期的作品有美國《紐約時報》和《華盛頓郵報》插畫繪製；2014年誠品耶卡展主視覺繪製；與友人自費出版圖文詩集《雨日的航行》等。

本書作品：14千面蛇　44聲音獸　45催催獸

應用藝術碩士。

新生代創作人，一手設計一手畫畫，喜歡各種材料的拼貼，結合手繪或電腦繪圖，拼出畫作的立體感與嶄新生命力。

作品散見於報紙、書籍、雜誌。

右 耳

www.flickr.com/photos/93048055@N08

本書作品：
3恐怕不是龍　4 21世紀獨角獸　16預言精靈
20七頭千手怪　21在哪兒蜥蜴　22千眼怪
23不好意思獸　24 101蝸牛　25自卑獸
27含羞草剪刀手　30嚇一跳鳥　32親親獸
38替身獸　41大腳怪　48環保糞金龜
Fin結束　也是開始

阿力金吉兒 (Ali Ginger)

www.flickr.com/photos/
kite1018

自由插畫家，曾以《Cycle》入選義大利波隆那2012年兒童插畫創作獎，亦曾以筆名「蘇意傑」為報刊雜誌出版社繪製插畫作品。著有獨立出版品《跳過一朵雲》及個人創作《Face to Face》。

本書作品：
6紅綠燈獸　11顛倒獸　12光速蝴蝶
17一飛沖天雞　18民主蛋　36傻不嚨咚狼
37雨熊　40收銀機袋鼠　46宇宙最美精靈
47積木獸

成功大學工業設計系、法國南錫美術學院造形藝術系畢。在法國遊戲了4年，和肥貓Felix一起收拾包袱回家，後來臭小米和119（喵）也加入了這個小小家庭。在清貓砂、趕走想偷吃食物的阿肥與畫畫中度過每一天。

出版作品有《天下第一龍》、《換換書》、《機智阿凡提》、《歡喜巫婆買掃把》等。其他作品散見各書封及報章雜誌。

本書作品：
1一點不駝鳥　2MM駱駝　5愛樂章魚
7WW狗　8十全大補獸　9長牙怪
10標本獸　35AaBb獸　43遲遲頓頓獸
50噴嚏怪

達　姆

www.flickr.com/
photos/chiachifelix

陳怡今（今今）

www.flickr.com/
photos/jin-jean

臺灣師範大學設計研究所畢。擅長多元媒材，童趣、優雅兼具，色彩繽紛亮麗，人物多睜著一雙好奇的眼睛看世界，恰如創作人對周遭的細微觀察。希望看到自己畫的人可以感受到生命裡的一些不同，或者被觸動了什麼。

出版作品《洲美心》獲2011年聯經出版圖畫書獎、《迴瀾》獲第三屆中華區最佳出版插畫獎優秀獎；繪有《誰是你的好朋友？》、《在家啟動創造力》、《女中醫給忙碌上班族的第一本養生書》、《小雨麻的副食品全記錄》、《繪本123》等書。

本書作品：19局部獸　29配合獸　33倒退獸

NO.33

臺南大學美術系、臺南藝術大學音像動畫所畢。經常以小女孩、鳥類、小動物為題材，善以簡約的線條與繽紛的色彩建構童話世界。饒富想像力的構圖與溫馨的人物互動，使人會心一笑，是臺灣動畫與插畫界的新秀，近年來屢獲國內外相關活動邀展與獎項肯定。

出版有《鯨聲月光河》、《噴射龜》、《世界文學大師短篇小說選：歐洲篇》等，其餘散見各大報刊雜誌。

黃祈嘉

chichihuang.blogspot.tw

本書作品：
13鏡像獸　15矛盾獸　26猶豫獸
28Bye Bye獸　31呼喚獸　34拖鞋獸
39時空精靈　42框框獸　49三態獸

NO.15

古靈精怪動物園

古靈精怪動物園

作　　者：	林世仁
繪　　圖：	川貝母　右耳　阿力金吉兒　達姆　陳怡今　黃祈嘉
責任編輯：	鄒淑樺
封面設計：	黃沛盈
出　　版：	商務印書館 (香港) 有限公司
	香港筲箕灣耀興道 3 號東滙廣場 8 樓
	http://www.commercialpress.com.hk
發　　行：	香港聯合書刊物流有限公司
	香港新界大埔汀麗路 36 號中華商務印刷大廈 3 字樓
印　　刷：	美雅印刷製本有限公司
	九龍觀塘榮業街 6 號海濱工業大廈 4 樓 A 室
版　　次：	2016 年 9 月第 1 版第 1 次印刷
	©2016 商務印書館 (香港) 有限公司
	ISBN 978 962 07 0492 5
	Printed in Hong Kong

謝謝光臨

Exit

出口